시
화
장

# 시화장

**발행일**   2022년 8월 5일

**지은이**   장은주
**펴낸이**   손형국
**펴낸곳**   (주)북랩
**편집인**   선일영                           **편집**   정두철, 배진용, 김현아, 박준, 장하영
**디자인**   이현수, 김민하, 김영주, 안유경      **제작**   박기성, 황동현, 구성우, 권태련
**마케팅**   김회란, 박진관
**출판등록**   2004. 12. 1(제2012-000051호)
**주소**   서울특별시 금천구 가산디지털 1로 168, 우림라이온스밸리 B동 B113~114호, C동 B101호
**홈페이지**   www.book.co.kr
**전화번호**   (02)2026-5777                   **팩스**   (02)2026-5747

ISBN   979-11-6836-438-7 03810 (종이책)        979-11-6836-439-4 05810 (전자책)

---

**(주)북랩** 성공출판의 파트너

북랩 홈페이지와 패밀리 사이트에서 다양한 출판 솔루션을 만나 보세요!

**홈페이지** book.co.kr   •   **블로그** blog.naver.com/essaybook   •   **출판문의** book@book.co.kr

---

**작가 연락처 문의 ▸ ask.book.co.kr**

작가 연락처는 개인정보이므로 북랩에서 알려드릴 수 없습니다.

# 시
# 화
# 장

장은주 글 · 그림

북랩

# 차례

시
화
장

선 그림자 ---------------------------------------------

장
은주
씀

디자인
머 장은주

# 그들만의 족자 〉〉〉〉〉

족자의 쇠 빗장이 열린다.

　　　순결한 족자가 열렸다.


　　그리고 혼자만의 누각에서

　　　　　한편의 기억으로 펼쳐진다.

　　과거로부터의 작금의 향으로 덮인다.


　　혼란의 줄과 공허의 추는 한줄기를 따라

이리저리 헤집고

향은 줄과 추에 매달려 무희가 된다.


　　　　흑암에서 헛발질은 무기력과 부존재로....

　　슬픔과 외로움보다 분노가 더 옳다.

　　　　　흑암에서 입김을 규정한들 무엇 하랴.

문득 얼굴을 가린 자가 두 번째 미장센의 향취를 침범한다.

# 추억 〉〉〉〉〉

남다름이 아닌 그런 곳이다.

편하고 마땅한 삶의 누적이 차곡히 있는 곳.

어쩌면 삶이 그러하듯이 그 모습이 알려주는 곳.

난 많은 세월을 밟고 서 있는 듯하다.

## 결의 〉〉〉〉〉

한 줌 토닥이다 한 그루 피어나면 영혼의 꽃으로 맺히리라.

찰나 내가 이룰 커져 버린 이야기는

천연 색색 오색을 띄우고 발하는 영혼을 입히리라.

# 팔레스타인 땅의 울림 〉〉〉〉〉

섬광 속에서 한숨을 뚫고 사는 사람들.

차가운 그리고 뜨거움이 지나고 나면 적막 속의 황무한 곳.

얽혀진 실뜨기를 하듯, 아무렇지도 않게 깃대를 세우는 일.

실들의 교차점에 떨림들이 피어올라 땅을 박차고 뜰 때,

대신 달이 흘러내려 그곳을 메우노니

참으로 그 소리가 비장하여 누가 들을까 무섭다.

# 불면증 〉〉〉〉〉

너를 생각해.

어스름한 아침.

촉촉한 숨결.

울림이 있는 발자국.

왜 이럴 때 떠나지 않는 걸까.


언젠가 한 말. 넌 나를 지우지 못할 거야.

그래. 난 북적대는 사람들이 사라지면 네가 찾아와 같이 해를 보곤 하지.

넌 웃자고 한 말은 잊지 말자.

방안 가득 빛이 나를 안으면 어차피 잠시뿐인 걸 알지만, 꼭 끌어안아.

사라지고 나면 난 또 다른 너를 찾아.

뿌옇게 흩날리는 공기도 너를 그려.

며칠 동안 앉은 곳도, 뿜어지는 입김도 네가 있었어.


이제 다시는 잘 수 없는 방 안의 초침 소리를 기억하고 싶지 않아.

그대로 있어 줘.

# 발걸음 〉〉〉〉〉

미성숙한 때에 몽글몽글 맺히는 혼란의 발현.

처음 빛을 본 날.

여물지 못한 채 바닥을 디디고 일어서면

손이 있어.

한 발로 서다.

# 이른 비 〉〉〉〉〉

수평선을 촉촉하게 적시면, 지나온 삶의 방울이 흩어지면
내 인생이 어느덧 돌아볼 수 있는 그러한 것이 되었구나.


그리고 젖은 한숨과 공허함, 대견함 모두 시간의 줄기로 넘긴다.


숨 고르기를 하고
펼쳐진 대지가 하늘 선과 만나는 촉촉함을 바라볼 수 있게 되는 것은
어느덧 커버린 내가 보인다.
화관을 쓰고 새로이 옷을 지어 입는 것은
다시금 돌아보고 냉혹한 메마른 곳을 디디기 위함이다.

# The black arts·DUENDE >>>>>

사슬이 만나는 날에 입김을 불면 사라지는 그런 감각이 있있으면...
깰 수도 없는 사라지지도 않는 그럼 모습으로 살아가고 싶어.


만남이 영원하다면 아끼고 싶어지지 않을 거야.
운명이 있다면 기다림이 중독된 연을 이루게 해.


누구든지 홀리듯 이끌러 어느덧
군중의 소리 없는
그리고 색색으로 산란하는 환상을 만들어 내는 마술사가 되어 서 있어.


아름다운 저주를 내리지 않아도 이미 운명은 영원이 되어 있어.

# melancholia 〉〉〉〉〉

혼돈의 석양이 지면 대서사시의 마침표처럼
더 이상 엮을 이야기조차 없이
그런 채로 놓여있다.

한 번쯤 소리 질러 적막을 내릴 만도 한데
그 파편의 소리마저 없이

너는 왜 시간을 지나치고 있느냐.

업신여기지도, 조롱하지도, 결단하지도 마라.
찰나의 외면은 그것도 삶의 실 가락.

오색실이 엮일 수 있는 지나고 나면
박물관에 있는 그러한 유물이다.

# 꽃받침에 그린 시 〉〉〉〉

영혼의 생각을 가지고 있다면 꽃받침에 적어줘
꽃 춤을 추면 향기는 시를 이루지.

쓰거나 읽을 수 없어도 그릴 수 있다면
감각의 서막을 열 수 있어.

둥그랗기도 퍼렇기도 새초롬하기도 하면
적막을 향기나게 하지.

그리곤 너의 느낌을 내가 알게 되겠지.
계단을 한걸음 옮겨.
그럼 멀리서 부르는 이름이 아닌
꽃 자리를 난실 수 있게 될 꺼야.

# merry go round )))))

불빛의 소용돌이, 맨발의 스윙재즈.

달콤 씁쓸함의 한 잔을 옷의 물결이 돌고 돌아 흔들리는 불빛과
입맞춤.

목마를 타면 솟아오르는 함성과 같이 굴곡진 소리의 인생이
웃는다.

타거라.

번잡스럽던 남겨진 쾌락의 불티야.

돌아라.

그리 타버리면 남겨진 마주칠 것들에

대한 눈짓에 벅찬 감탄을 어찌 멈추리.

# 꽃마름 >>>>>

일탈의 파수꾼을 오늘도 창살에 부딪치는
햇살을 모아 꽃 살에 뿌린다.


파양되는 산란의 빛가루는 색을 잃어가고 거짓된 예쁨은 쇠하고
                                                    사그라든다.
지나가는 슬픔마냥 그곳의 광채는 그 자리에 머문다.


한 번의 실수도 감당할 수 없는
그래도 거친 감각을 견딜만한 참으로 호된 계절이었구나.


어느덧 흘러 피어난 지금 혼자만의 것이 아닌 것.
  어쩔 수 없는 혼자가 아니라 해도 꽃마름은 일상을 누빈다.


                                        그렇게
                      꽃이 뜨는 곳에서 눈물을 닦는다.

# 축제 〉〉〉〉〉

이젤 위에 얹은 물감이 내 머릿속의 1953년 잭슨 폴록이 된다면

감당치 못할 삶의 감각들이 살아난다.

손끝에서 터지는 우주의 세계는 결국


우리의 보잘 것 없는 애환을 희소시켜 준다.

회색빛 대양에 옷을 입히면

채색구름으로 단장하여


격한 휘몰이 옷으로 덮어주리.

# 가면은 j에게 눈물을 허락하다 〉〉〉〉〉

한 끗 찍어 올린 뽀얀 분으로 두드리고
촉촉이 감싸 올린 연지로 바른다.

가면은 눈물을 짓기도 하고 미소를 뿌리기도 한다.

미세한 변화들이 한올 한올 이야기들을 지어갈 때
해서 한 이유들의 가면을 밀착시킨다.

질투 어린 시선도 막아줄 만큼 든든한 가면은
그것이 참인 채 뗄 수도 없고 다르지도 않아
어쩌면 연착된 기억들이 끄집어 내친다.

j의 가면은 그 얼굴이다.

# Tropical citrus >>>>>

네가 내리는 날엔 상큼하게 웃으며 흔들거리고 걷는다.

익어가는 얼굴이 생각나

언젠가 그 시절이 생각나겠지.

그때 살며시 베어 물면 무언가에 홀린 듯 서로에게 안겨져 있었을까.

성숙해가면 가지에서 떨어지고

또 다른 존재가 되는 거야.

떫은 맛을 머금은 첫 만남은 기다림을 알게 했고
달콤함은 그동안의 고통을 사그라지게 하지.

기다림이 지치지 않게

달콤함이 녹아 없어지기 전에.

# 남쪽 바다 (에메랄드 빛 계단을 타고 달리다) 〉〉〉〉〉

하얗게 일어내는 너를 미끄러지듯

거닐다 보면 발의 감촉을 쓸어내리는 나만의 대화를 알아내는 것 같아.


에메랄드 계단을 오르면 너는 더 많은 숨결을 불어넣어 줘.

애태우듯 뒷걸음치는 너를 보다가

돌아올 것을 알면서도

달려가 너를 안고 흐르게 돼.

어느덧 어둠이 흐르면 나도 눈으로 너를 따라 흐르지.


그거 알아. 너로 인해 빛은 더 빛나고

밤은 밝다는 거.


넌 존재하므로 찬란하다.

# 아날로그 모드 I 〉〉〉〉〉

끼억거림의 어긋남처럼 너와 나 지나칠 동안

어색함이 사라지면 깍지 낀 손으로 흔들며 부르던 노래.
라디에이터 위에 뿌려진 온기를 담아다 서로에게 채워주던 때.

우린 서로의 마음을 보여주려 알아 달라 보채기에 더 아파하고 멀어지고.
그땐 몰랐던 서툰 사랑이 힘겨워진 건 우린 어려서였을까.

이젠 모른 척 흘러가는 첫 마주침이 되는구나.

# 아날로그 모드 2 〉〉〉〉〉

한참을 둥그랗게 돌리자 흘러나와.
부드러운 선율과 밤새 느끼는 너에 대한 생각에
    먹먹해지는 감정이 익숙해지면 그렇게 잊어가는 거.
            원래 서서히 잊는 거래.


그렇게 하루를 살면 또 다른 음악이 흘러. 천천히.


        미칠 만큼 좋았던 그 순간이 미소를 지으며 내 가사인양
            울었던 적이 있었지.


                        북받치게 좋았던 적.
                    순마 허락해도 감사했던 적,
                날 보살피듯 어루만지는 순간이 있어서
                난 나만의 공간에서 그렇게 살아가.
                        난 요즘 그래.

# 최연소 연쇄 감각 수집가 〉〉〉〉〉

빈곤한 손길을 부끄러워하지 마

손끝이 여미는 순간까지

그래야 가질 수 있는 것들.

기억될 퍼즐과 엮을 감성.

강렬한 슬프도록 세찬 세상.

더듬거리는 손을 접어 줄 이도 없이

하지만 발은 움직이고 세상은 다가오지.

기다리지도 않고 물밀듯 오지도 않는

내가 있어 느낄 수 있는 것들은 달라.

무언가 다른 인생이라

살아갈 만한 나의 인생.

# 1년의 밤 〉〉〉〉〉

아침 햇살 곱게 빗어 내려

휘감아 돌면 생각이란 끝과 만난다는 걸 알 때쯤

너의 시작이 애처로워 보였어.

마치 나의 외로움이 시작되었을 때처럼

알아버린 서랍 속의 편지처럼 난 익숙해지는 그리움을 넌 어떻게 만날까.

그래도 감사함이 좋았다고 말하면 내 아픔을 감출 수 있어서 좋았어.

그곳에 빠진 네가 아플까 봐 어쩔 수 없는 일들이라 감싸기엔

네가 버텨 줄 것들에 대한 말 없는 나의 눈빛을 이해해 주겠니?

같은 곳을 버티고 서있었다면 우린 같이 흘러갈 테지.

# 사랑이 흐르고 난 후 〉〉〉〉〉

휘몰아치는 마음의 순결을 기억이나 할까
어떠한 두근거림이었는지 허무한 공기의 절규일지


잊혀질 심장의 간절함과 피의 떨림도
그대에게는 가느다란 저의 목소리인가요.


더러운 피의 조각이라도 있었으면
그대는 날 기억이나 할까요.


내 안에 당신만 존재하지 않았지만
온전히 당신 것임을 알까요.


오필리아의 유서 중에서

# 추억 감기 〉〉〉〉〉

마음이란 것을 묶어 날리다가

파양되는 빛을 따라 흐르게 되면


추억이란 것으로 감아낸 인연.


손끝의 감각.

긴장된 선 위를 줄 타는 바람.

커져만 가는 마음의 끄적대기.


조용하지만 묵직한

순간적이지만 하늘을 가르는 채로.

# 키스... 대화 속의 감각 〉〉〉〉〉

사랑을 구걸하는 하이에나는

오늘도 탐닉과 죄악을 맛본다.

선악과의 과즙이 떨어지기도 전에.

거친 물결을 뱉어내어 삼키기까지.

저미는 애틋함이 머리카락에 닿을 때까지.

결국, 흐르는 달빛을 물고 머금어 삼키다.

# 혼자 〉〉〉〉〉

설렘. 오랜만이네.

예전 감촉 이렇게 시작됐었는데

감각의 시작은 역행의 방을 세우지.

잠기는지 갇히는지 알아채기도 전에

받아들이면 빠르지만 둔해진 군살들에 묻혀가고

그래도 감싸 도는 기운은 살아가게 하니까

나약함을 부정할 수 없는 것들에 대한 탄식.

구석에 흩어지네.

서글픔도 공허함도 내 속의 창조물.

반복되는 사랑들.

떠도는 그것들을 내 손에서 감아 돌지만

느낄 수 있어도 휘젓게 하는 내보내준 마음들.

좌석 번호도 채우지 못한 채

보내버린 발그레한 느낌.

내 언어가 만들어 내는 감각들.

살아있음을 알리는 존재들아.

심연 〉〉〉〉〉

내 얼굴 그리면 우리의 기억의 촉각은 살내음이 되고

너의 얼굴 그리면 감각의 입맞춤이 된다.

# 응급실 〉〉〉〉〉

삶의 풍요로움 속에 담긴 우리는

있을 곳을 찾아 떠나야 한다면

다른 곳에 맺히는 슬픔도 감싸 안으리

지나가는 바람꽃을 물면 무너지는

한 켠의 파편은 심장을 파고들고

머무는 공기는 심장의 파편을 주무른다.

좋지 않은 터를 탓할까.

# 연옥 〉〉〉〉〉

강하지만 영혼을 죽이지 않는 방법을 아니?

악함을 느꼈던 적이 있으면 알 수 있지.

넌 이미 누군가의 영혼을 죽일 수도 있어.

알고 있지만, 가식으로 위장을 하거나 영혼의 옷을 입히거나.

둘 다 공존하는 세계.

하지만 나도 강하지.

내 님의 영혼의 옷은 내가 입혀 줄 거야.

그게 내가 할 일.

# 청춘 〉〉〉〉〉

서서히 잠식되는 폭풍은 삶을 뒤엉켜 놓지.

서막의 장이 열리면 비켜 새어 나오는 공간의 역행을 누구도 막을 수 없다.

감추어진 그림자가 떠오르고

어느덧 사그라지는 빛.

누구나 밀물의 장관이 세포를 파고들지만

썰물이 주는 생명을 감싸지게 되는 것.

그것이 반복됨을 알 때쯤 고개를 돌리어 발을 옮기게 된다,

육지로 돌아가면 또다시 그곳에 채워지는 혼.

# 눈물 〉〉〉〉〉

사람의 무엇을 얻었냐라고 물으신다면

사람의 눈물을 얻었습니다.
그들은 더 이상 슬프지 않을 테니까요.
전 슬픔을 머금어도 기쁘니까요.

천 년 호는 눈물 구슬을 삼켰습니다.

그리고 천 년 호가 장은주라는 큰 비밀을 숨겼습니다.

장은주는 슬픔 구슬을 좋아하거든요.

# 달리기 〉〉〉〉〉

세찬 숨은 가녀린 세포를 부풀게 하고

빠른 뜀과 걸음은 세월을 앞당겨.

공기를 잡는 손은 무한한 힘을 만들어주고

그렇게 살아가

그렇게 배운 거야.

다만 어디로 가야 할지

무엇을 위함인지 알 때까지

두리번거리다

그 또한 삶이란 걸 알게 되면 한숨을 쉬지.

다시 한 번 숨을 꼭 쥐고

# 호수의 여왕 〉〉〉〉〉

물길을 따라 도는 거위는
그들 주변을 지나치는 간결한 향연을 그리워한다.

이룰 수 없는 과거의 풍경은
뿌옇게 흐르는 물길을 내려 보게 만들어.

이미 놓아버린 것들이지만 가질 수 없는 것들.

언젠가 백조의 착시라도 되고 싶지만
그림자가 돼 버린 날갯짓.

미소는 이내 혀끝을 에리게 하지.

한 번의 축제는 날을 닳게 하지만
감춘 채

오늘도 홀로이 날개를 젓는다.

# LOVE SICK 〉〉〉〉〉

열꽃이 온 얼굴에 피어오르네.

　　　　발끝을 넘실대는 눈썹이 휘청거릴 적에.


　　　그와 그렇게 닿았어.

오가는 시선은 말을 줄이고

　　　서로의 발끝도 닿았어.

　　　　　건국대학교 캠퍼스에 차오르는 발끝들.

　　　　　　그렇게 시작된 아픔들.


　　만남의 약속이 두려워지는 헤어짐.


　　　어린 시절 짝사랑이 그토록 언한 만남들,

　기억되선 안 될 자리들.


　　　　　　ing·

그거 아니?


학교의 전설이 있어.

곳곳의 곡소리를 듣지 않은 소가 없어.


그건 민중병원이 옮겨진 이유일까.


건대병원은 꽃밭이지.

하지만 여전히 일감호를 감싸 도는 밤기운은

호수를 걷게 하지.


1년의 한 번 호수의 침식은 시작돼.

그 아픔을 묻어버리지


시작해도 될까요?


외사랑.

# 빈방 〉〉〉〉〉

마음이 고파서...

이리저리 엮다만 내 인생.

시로 풀어버리면 채워질 마음일까?

빈 구석을 내어놓으면 찾으려나.  내 영혼들.

갓 잡아 올린 머릿결을 만지는 너의 손을 끌어안아 주련.  내 영혼.

마음을 설키어 치장하고픈 밤이 다가오면

내 손은 온기가 닿는다.

체취가 흐르면 알게 되는 룰.

# 손끝의 핏자국 〉〉〉〉〉

상처를 온몸에 새기는 것을 두려워하지 말자.

상처의 갑옷은 누군가보다 강력한 감각을 갖게 하니까

강한 자가 되기를 두려워하지 않는다면 손안의 세포는 살아 숨 쉴 거야

힘내 그리고 나도.

# 눈꺼풀의 입맞춤 〉〉〉〉〉

빛 자락을 따라 입맞춤이 끝나면

촉촉한 감성이 입가를 저릿.

부들한 촉내.

손끝을 끝까지 닿으면

공간의 손을 잡게 돼.

머리카락의 순결만큼 잠식된 기나긴 잠을 보고

앞으로 길어질 머리카락을 가지런히.

사르난 시리질까.

눈꺼풀의 키스만큼.

한때의 마음도 한소끔 꿇여 내어 볼만도 한데
조각난 기대들이 내려앉은 것에 대한 눈 흘림.
일생을 잡을 만큼 강렬함은 그대로 바닥으로 끄려 내려진다면
한 모락 피어나는 연기처럼 머리칼을 쓰담아 본다.


정돈된 하얀 머리카락을 내어놓아 흘릴 마음의 끝자락.

# 시절의 꽃 〉〉〉〉〉

눈 온다. 나의 시절이 내려와
내 나날들이 흩어져 스며들어

너와 맞닿는 곳으로
어차피 사라질 맺힘이었다면

눈물의 공간만큼
마음이란 게 커져간다.

너도 그런 거 다 알아.
이제 울리지 않을게. 약속.

# 사색적 솔로 〉〉〉〉〉

누군가 말했다.

삶은 흐르게 두면 알 수 있는 것들의 연속이라고.

사실 내가 살아오면서 느낀 것.

어둠을 피하고자 했던 비겁함이
어느덧 연명해가는 인간의 모습을 가릴 수 없을 만큼 나약함으로 산다면
난 역행하며 싸워야 했던 걸까?

장은주 1978년 12월 17일생.

그 시절 곁에 있어 줘서 고마웠어.

# 이별 후에 〉〉〉〉〉

삶의 무게가 빡빡할 때는 사랑의 무게가 견뎌주었어.

이제 사랑의 무게가 느껴지지 않아도 힘든 건 세상이 시험하는 거니.

세월의 무게가 쌓일 때쯤 감정의 탑은 견고하게 메워가.

무너지고 다시 쌓이면 옛날이 남겨지지 않아 슬퍼져도

차곡 메워가.

사람이 살아가는 한 가지 방법.

무애.

# 동백꽃이 질 무렵 〉〉〉〉〉

가슴 한 편 굽다란 한 편 적어 끄집어 낸 옛 그림.

거리만큼이나 살가웠던 시절.

멀어졌던 만큼이나 열렬히 붙잡았던 조각 끈들.

기억된 편지들의 대답은 흩어져

삶이 그대들을 잡고 기대있더라도 바라본다면

지는 꽃의 향을 입고

눈길을 따라 걷게 될 거야.

눈물로 수채화가 피어나기 전으로

선명한 항로를 따라...

색연필의 오색 단장이 살아나듯.

크레파스의 색다란 길잡이가 피어나듯.

- 동백꽃의 이별 이야기

간택 〉〉〉〉〉

내가 노래했더니 좋은 사람들이 와.

사랑.  숨에 색을 입히듯이 향긋함이 느껴지는 너란 공기.

그림자를 따라 살아보기도 하고 빛을 향해 뛰어 보기도 하고.

그것이 인생.

알아?

너야.  내 인생.

# 명절의 족자 〉〉〉〉〉

오늘 옛사람과 마음이 안겼습니다.

시대를 타서 인사하듯 너무도 감각이 둔해지듯이...

내가 원래 어떤 사람이였는지.

생각보다 더욱더 별나라의 세상 이야기.

# 타락의 선물 〉〉〉〉〉

사모하는 마음으로

숭배하는 마음으로

정돈된 마음으로

간절한 세상의 조각을 모아 뿌린

한가지의 기쁨을 새기는 뿔을 들었다.

곱디고운 촉살의 예리함이 선명해지도록.

색실로 꿰매어 풀어진 자태가 박히도록…

# 별의 하늘 〉〉〉〉〉

차곡히 쌓이는 별들이 내려앉으면 흩어지는 발자국.

내 별들이 사라지는구나.

감수성이 흐트러지면 삶도 하늘에 몽실몽실 묻혀져

내 손이 너의 심장과 같아지면

이루지 못할 잠을 자고 나서도 내 곁에 있을까.

# 결혼식 〉〉〉〉〉

잊혀진 거리만큼 아픔도 덜하겠지.

너 사라진 흑백 필름 같은 세루리안 블루....

이름이 그러고 싶은 이유를 생각했어.

채릴 새도 주지 않은 세레모니 같은 현실은....

다시 잠든다.

# 따스한 손 마침 〉〉〉〉〉

잘 있어. 베어낸 손톱들.

있겠니? 멀어지는 낙엽들.

검정 나무가 말한다.

은주는 나뭇잎을 셀 줄 안다고 귀엣말로 자근거린데.

- 메르엔

# 벽 한 꺼풀 스며들기 〉〉〉〉〉

기대어서 사이에 메워질 오선지.

귀 기울여 끄집어낼 맑은 회초롬 색.

파고드는 손끝의 율.

노래하다. 외로움을....

첼로가.

# 블랙 러브 〉〉〉〉〉

어리굴젓의 텁실한 맛으로.

푸슬거리는 간접 키스를 담은.

그리고 내어드리는 반쪽의 점묘법을.

살큰한 사랑법.

가지가지 향긋을 보다.

# 네 박자 〉〉〉〉〉

척 내놓은 벌쩍한 모양새.

꽃물들인 곧게 솟아버린 눈물의 소나기.

즈려 디디며 움큼 다가서다.

휘돌아서며 맺어버린 봉우리들.

오즈의 마법사가.

# 뒤돌아 뛰는 아이 〉〉〉〉〉

둥글게 오므려 체취를 감아 쓸어 본다.

석굴암에 띄어 놓은 천사의 목소리처럼.

안개는 하늘 위에 구르고

태양이 자지러질 듯 촘촘할 때쯤

바람이 그렇게 제자리를 찾는다.

# 꺼내어 놓은 사진 〉〉〉〉

쓰담 해 버린 뺨의 젊음.

뚝 떨어진 동전마냥 쓸고 간 기억.

누구인들 손잡이가 되고 싶겠느냐마는.



사라지지 않을 그림자들까지

안겨내는

쓸린 삶 내.



장 은 주 못나니 쑴.

# 커버린 자동차 장난감 〉〉〉〉〉

어제는 내가 더 컸어.

오늘 아껴 담으며

너의 충성심만큼 간직했고.

내일 너는 나를 바라보며

같은 얼굴로 저만치 기대겠구나.

# 거렁뱅이 찬가 〉〉〉〉〉〉

손 둘 기력이 없을 때


발길에 철길 끝내음 조차 들 곳 없을 때


그렇게 삶이 어두워진다.
자그막한 꼬다리를 매달고
술렁이는 발자국을 찾던
가난뱅이로 삶이 살아지면
하양게 눈 내음이 서글퍼지면


살아봤다 한다.

# 정좌의 미완성 〉〉〉〉〉

인생을 펼쳐 보니 손가락 사이사이

삐져나온 갖가지 유물들.

이름을 덧대서 꼬매 볼까.

접어 붙여 나풀거리는 이야기로

손짓할까.

가려진 모양도 다시

딛고 서면.

- 존재의 영화관에서

# 체리는 살아있다 〉〉〉〉〉

뿌연 크림 한 자박 붙여

찍어 버린 체리. 살큼.

살결을 따고 도는 빛깔의 고요함을

닮아가는 뾰드라지는 연한 빰내.

너를 그렇게 마음으로 그렸다.

# 라일락 빛 노을 〉〉〉〉〉

벌건 손바닥을 문지르다가

닳아버린 입가에 라일락이 피었다.


그렇게 만났다.


상한 손가락 마주하기에

입술은 애달게 바라보다.

아스팔트 도시와 피고 지고


그런 서울에서


자그마한 손가락이.

## 푸른 달과 마주하기 〉〉〉〉〉

움튼 발자국 소리가 닳아 엷어지면

그다지 보이지 않던

파릇한 물결의 달 자국.

섞 소리에 물기척인가

하며 돌아보는 움츠린 아해.

69

# 감기. 낮지 않는 청춘 〉〉〉〉〉

즐겨 마주한 살들의 꼴라보와

겹실 나게 입을 맵시.
그렇게 엄마의 화장품을
살짝 대보던 나이에 시작되었다.

바르르하던 인사도 곱씹던
생각하던 어른이더랬다.

분명 어. 른. 이. 였다.

# 가을에 걷는 걸음 〉〉〉〉〉

한 움큼 기억 자락을 풀어내서
땋아지어 올린 글자들이

계절따라 흐르고 지르다 내린다.


가장 가여운 가닥에
덮어줄 문장을
찾다가 이내 내 일기를 훔치던
고운 태도가 스산히 스며들었다.


고개가 낯설게 파고드는
가을과 힘겨웠더란다.


내음....

# 미술관 속의 액자 〉〉〉〉〉

달빛이 내놓은 시린 속내.

롯데월드 자이로드롭의

날개를 벗어버린

벚꽃 나래를 안은 우주선을 타고

불꽃 축제에 안기다.

감춰진 호수에 뒹굴어 선을 한 올씩

말아 올린 달빛이 헤엄치듯 연주하다.

# 향단이의 애잔가 〉〉〉〉〉

주름 한편 없이 곱살 난 쪽진

앞머리를 바라보는 너.

그리 빨리 가버리는

비녀 자락마냥

내 손의 비녀 자국을


세기에는 흔적이 바랜 지 오래다.

# 담글 〉〉〉〉〉

담긴 초롱물마냥

출삭이며 생글거린 자국.

먼 어귀로 흘러내려 가던

고아놓은 낙원의 생각들을

잠식하는 영혼들과

별 따른 이별로 맞이하다.

# 경사를 지우는 그림자 〉〉〉〉〉

비스듬한 골목.

기울어진 사이의 어긋남.

헤어짐의 손짓들.

기나긴 시점들의 옛 떨림.

굳어진 아스팔트를 타고

정해진 미소로

교차되는 우리들의

네온 사인은 한쪽의 편상을

토닥인다.

# 두 사람 〉〉〉〉〉

지하철 소음이

흐르는 거리만큼 시선이

된다.

적막한 감각이 사진 속의

두 가지 말을 참아내고

서러운 꺼리가 있어 보이는

그런 대학 시절이였더랬다.

# 숨 쉬는 뿌리 〉〉〉〉〉

흥청망청 쏟아내는

숫자로 사는 세상.

어스름하게 비취지는 간직한

말 자취를 아는 듯이 물끄레

있다.

그런 사람이 옆에 있었다는 거.

그래도 아직 과거가 사뭇 내색한다는 것이


그리운 아기씨였다.


개띠년생이.

77

# 다리 씻기 〉〉〉〉〉

다리에 달린 식구들이

고르도록 끄지 않게 앉아

길을 감싸 돌고

흐멀거리는,

지문인양 흉내 내는 물기를 따라 도는,

사향 고양이가 커피 하자 한다.

# 계곡 연가 〉〉〉〉〉

갑자기 밀려 들어와서

갈갈 대고 피어나는 태가

산등선에도 피어나는구나.  정

애틋한 풀 초롬이 나부끼듯

살랑대면 또 자라는구나.

감각의 자리.

회사원의 회고록 〉〉〉〉〉

저무는 갈대처럼 흔들리다 얽히며

쓰러졌다.

창문 밖을 볼 틈이 생기자

노을도 고개를 숙였다.

그리고 생각들이 휘청거렸다.

그렇게 매일 칼을 품으며 뼈마디 마디에

실타래를 매단 채 사는 기분이 들었다.

창틀의 이름은

삶의 채찍처럼 설쩍거렸다.

# 천하를 사로잡다 〉〉〉〉〉

반지의 파찰을 뒤로한 채

섭정의 계단을 어슬렁거리는

삶을 만나다.

시선의 폭포 소리를 음미하며

발끝을 감싸 도는 누추함을

어루만지는 두 눈을

하늘에 흘기다.


잃어버린 초라한 영혼들을 위하여

# 물듦 〉〉〉〉〉

꿰어내는 옷감 자투리와

물 들일 봉숭아 한 다발 꺾어

움켜지며 널어놓아 본다.

채색된 그림자마냥

스며들어 한 장의 잎새가

되어 입혀진

널따란 세상이 된다.

2016년 11월 25일 어둠에서

그리고 시 -------------------------------------------

필
명     ᴍ·ᴇ·ʀ·ᴀ·ɴ·ɴ·

# 물아 일색 〉〉〉〉〉

한 사발 들이켜라. 촉촉한 달빛.

꼭꼭 씹어라. 풀새 어린 꽃말.

퍼 올려라. 구름의 오색.

흘려라. 피어오르는 산 등줄기.


채워라. 쪼롱 대는 물 가락.

# 갑자 동맹 〉〉〉〉〉

너는 서서 이기는 자라.

일생을 나누어 피고 진다면

내 품 또한 가두긴보단

품어내어 쓰다듬고 싶네.

이루고 내는 꽃 결처럼

싸 내어 감추듯이 서는구나.

그렇게 꽃대는 앉았다.

# 공주의 전성시대 〉〉〉〉

그런 게 가능하던 시절

추억이라 아픔도 상처라고

자국이 남네.


외곽을 따라 흐르는

여럿 줄무늬를 몸에 새기고


함성을 따라 마주 서자.


시선에 줄기를 키우고

자락을 치켜세우며


발끝으로 에리는 서늘함을

누리리라.

사선의 궁에서.

# 마음을 들이다 〉〉〉〉〉

인내심이 자라면 땅을 심어야지.

참을성도 클 수 있고

역심이 생기면 창문을 세워야지.

바람아 들어나라.

고요함이 살랑스럽게 열꽃 잎을

날릴지니

애처로운 증오가 땅을 내리친다면

간만의 차가 호수가 된다.

촉촉한 마음이 조근 떨어진다면

낙하하는 빛살이 솟구친다.

# 쇠쩍새의 해돋이 〉〉〉〉〉

푸른 적 구름이 무거워질 때

연한 돌 판을 엮어 얹은 디딤돌과

산골짝의 안개 수건을 펼치고

입 골짝이 피어오를 때

커지는 그림자가 선명해지면

풍경에 걸쳐진 시 한수로

골짜기에 열어 드리리다.

88

# 지평선의 태 〉〉〉〉〉

띄어쓰기 사이로 여유와 품격을 들인다.

그리고 끝 선을 딱 바래진

허술한 파도에 몸이 실리면

감춰질 것만 같던 죄악들.

푸덕스런 자태로 맞이하던 해변의 너울들.

갓 잡은 해물들과 해녀의

이야기만 남은 채 사라지는 물결.

깜빡이던 등대 짓이 넘실거릴쯤

가득 찬 빛나던 수평선.

# 서곡의 쉼표 〉〉〉〉

살 냄새를 마주하고 내쉰

숨결이 옷이 되어 감싸고

거친 소리로 내지르는 곡절의

눈물이 되어버린 날.

눈동자의 그림을 알게 되다.

첫 가면이 사라지던 날.

입술의 모양이 눈 끝까지 가득하던 시절

손가락이 내놓는 인생의 맛이 같게 되었다.

# 기억의 한 자락 〉〉〉〉〉

사라지는 물결도 그렇지 않더라.
쌓인 눈썹 자국만큼 멀던 시절은
낯익은 별자리조차 뜨게 되는
한 켠의 신문에 글자도 켜켜이 쌓여
밀려 가드랬다.

그런 삶이 나를 향해
마주하고 있다.
그리고 가닥을 매만지어
닳아가듯 착생하는 주름도

같이 살아가며 지고 있다.

# 달도 진단다 〉〉〉〉〉

세상이 너를 놀라게 할지라도 세상을 품어라.

때론 감당할 시련도 때로는 홀대받는단다.

살아갈 법과 살아온 날이 아플지라도

둘러친 잣대가 설글지라도

나는 품는 마음을 보았단다.

손댈 수 없는 가치보다 내미는 손이 거룩할 수 있음에

감사할 수 있는 시절이였다.

품는다면 너의 키를 높이는 세상을 선택해라.

낮아진 자의 특권이다.

# 두 번째 별곡 〉〉〉〉〉

누군가는 사랑을 하고

누군가는 칼을 흘리고 다닌다.

눈발이 촉촉해질 때 내민 손들은

스쳐 지나간 연인이 되고

어둠의 날개도 연한 바람을

깃대 삼아 움츠린 그림자가 된다.

시작된 채색화로 잡고 흘린 이 날.

이브의 오후에서

# 권력의 4가지 맛을 아는 자, 퀸 〉〉〉〉〉

거짓 눈물로 샤워하며 그름으로
거름을 만들어서 기억의 단자를
누르며 세우는 자.



그림자를 갉아서 재로 날리고
화초에 열매를 달아 웃어 버리는 자.
옷 한 자락 찢어 날리며



공중정원에서 속을 비치는 여인, 퀸.

# 나를 사랑하지 않는 남자와 키를 재다 〉〉〉〉〉

발끔치가 저미도록 타고 오르니 굳어진 살갗.

그리고 사라진 발등에 꽂힌 시선.

소리 없이 흐르는 눈빛이 가냘프게

지나치면 감춰진 모습을 펼치다.

끌어올린 콧내가 나리기도 전에

그림자와 크고 있다.

# 진상의 조건 〉〉〉〉〉

절대 무언가를 혼내지 않으며

손가락으로 집고 약 올리며 눈 잡이를 하지 않는다.

입에 물고 놀리듯 말로 때리지 않는다.

어떤 현혹에도 지지 않고 휘몰아치는

거짓부렁이들과 담을 나눌 준비를 해야 하며

온전한 그것을 잡아내어야 산다.

# 어둠의 그늘 〉〉〉〉〉

사라지는 색도 이름이 있었더라.

가냘픈 색도 반짝하기를 애원하는

세상에서 또 다른 그늘은 바라보고 있네.

그늘이 흐려져 바래질 때

형형색색이 단장하더라.

어떻게 짝은 있고?


물어라.


그렇게 끌려가는 시간이

잡힐지 누가 아는가?

# 양 떼들의 반란 ›››››

거품제를 바른 양들은 결국 맨살을
드러내고 말았습니다.


일터를 잃은 솜틀집은 얼어버린
따뜻한 남쪽 나라에 숨어버린 양 떼들을
잠자리에 뉘었습니다.


드러누워 버린 하늘 속에 양 떼들은
옷들을 얇게 저며 따뜻하게
바다를 감싸 줬답니다.

# 달 넘어 가라앉은 이에게 〉〉〉〉〉

어디니?

프랑스의 달빛이 그리 아름다웠구나.


　세척실의 이끼가 사라지듯


찡한 소독 냄새가 내 속내를 타고 흐르듯이


그렇듯 사라지는 가로수가 촉촉이 번져 있다.


그늘 빛 달 내는 마법 지휘를 부산스럽게


　　　　　　　　　　흩날리고 있다.

# 숫사자의 갈기는 젊다 〉〉〉〉


한 떼의 구석은 작고

갈기 너머 세상은 고요했다.

어제의 빛깔이 이제의 소리가

되어 날아올 때 사라진 공간들은


울었었다.

웃으며 보았던 시절이

갈기로 뿌예질 때

작은 높이 길로 던졌다.

# 늙어지면 〉〉〉〉〉

늙어지면 주름도 지고

낡아지면 어둠도 지나가니

오색구름 또한 삶의 그늘 아니겠니?

늘 빛에 담그다 어둠이 시리게

자국 남는 설움도 시선의 양자가

되어줄지 누가 아는가.

햇살이 아프다. 밤이 눈부셔서 〉〉〉〉〉

햇살을 흘려줘

세상은 그렇게 만든 시.

반딜 거리며 주절거린 조무래기 언쟁이들.

속내를 감실거리게 해줬고
내랑 그대랑
넘겨짚은 눈의 소리로 살랑거린

기원전 어느 날이었다.

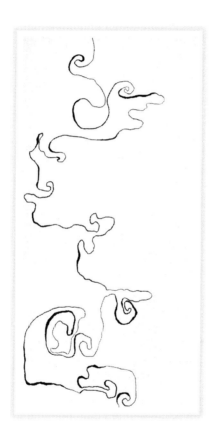

103

이름의 틀-------------------------------------------------

작가는?

```
          2003년 건국대학교
산업디자인과 졸업.
          995157학번


          1997년 서울
상일 여자 고등학교 졸업.

1994년
    서울 신암 중학교 졸업.

1991년 서울
    명덕초등학교 졸업.
```

# 여섯 개의 오로라 〉〉〉〉〉

별의 소복을 내리듯이

쌓아버린

맨발의 걸음들.


손 냄새를 닮아가듯

발을 맞춘 냇가의 반짝이는 울림.


새 신으로 발그레한 세상으로

풀짝이는 공기들로


떠돌고 있다.


오. 사랑

낡아진 영혼들을 위해.

탑 〉〉〉〉〉

때를 빼려거든 젊음을 놓아야 한다.

이미 묻은 먼지는 나이테처럼

주름이 성글한데

마냥 홍조의 물든 심장이

뛴다고 할 수 없었다.

그렇게 젊은이 호흡을 흉내 내는

관객의 기도는 조용했다

# 노인의 안경 속 세상 〉〉〉〉〉

법은 느리고 죄는 법을 이고 자란다.

이고 가던 시골 아낙네의 그릇은

모든 빗줄기를 담을 만큼

넓다라서 그래서 그런가 보다.

죄를 감싸던 구부정한 도랑 길이

떠돌다 사라지면 원망의 자국들도

녹을까?

# 적막한 어색한 세상에 대하여 〉〉〉〉〉

가닥진 주름 없이 피어왔다.

그리고 길은 예쁘다고 토닥인다.

어둠의 골짜기가 화려하게

채색될 때쯤 파랬던 시선은

굴레진 웃음처럼

쓸쓸해진다.

거짓말이 보였다.

# 감성 생산직 근로자 〉〉〉〉〉

점퍼에 스마트폰을 매어놓고

걸었던 공원과 거리.

이제.

몽블랑이 아쉽던 시절

원고지를 두텁게 쌓아

침전되던 기억과


가냘프던 감정의 소산들을

적는·


그런 작가를 회상해 봅니다.

# 가난한 심령과 어린 이성 〉〉〉〉〉

콧대 높은 세상과 하늘을 보면서

우리는 처음으로 감정을

감추기 시작했습니다.

너의 허상과 공경하던 삶들이

마주치면 사라져 버릴 것만 같던

자라버린 손이 무심한

위로가 되어.

울어버린 마음이

머리끝까지 떨어집니다.

# 일그러진 청춘 〉〉〉〉〉

찬란히 사그라들던 파릇한 내음이

가냘프게 일어났다.

그렇게 피었거늘 어둠의 이슬도

마르고

상기되는 계절의 화장도 바래면

꽃 내음이 화려해졌다.

물기 어린 컴퓨터 화면의 꽃으로

멈춘 채.

도심의 종이 화면.

# 템플을 적시는 빗줄기 〉〉〉〉〉

이전에는 비가 참 싫었는데
혼자인 게 들켜서.

찢어진 우산이 가끔 가려주면
속내까지 부끄러운.... 그래서
빗 가락이 파고드는 것도
싫었는데.

우산이 빗방울이 예뻐서
사락거리는 소리도 나를 찾는 듯해서
흥얼거리는 웃음처럼.
바뀌었어.

# 거두어진 햇살 〉〉〉〉〉

살 풀린 노을을 알아.

빌딩 숲도 기대고 싶었던

장대 빛도 눈을 감을 때쯤

쓰여진 빛깔만큼

늘어진 자국만큼

손으로 가린 눈동자가

커질수록

커져 버린 세상보다

외롭다.

아군 〉〉〉〉〉

응급 사태를 응시하는 병사가

내 거울 속의 의식이었다.

행군이 사라진 평지를 바라본

깃발처럼 서 있었다.

너를 향해 겨누어진 태양이 왜

작아 보일까?

어둠도 간직한 고요에

서 있었다.

# 거짓을 부리는 공기 〉〉〉〉〉

물살을 가르며 손으로 집자 솟아난 파도.

그리고 섞은 그림자.

살아갔던 발자국들.

어리우린 기억의 거짓들.

인어공주의 다리는 물속의

눈을 닮아 가고...

난 하늘을 보며 찍어 올린

바다의 거짓을 보련다.

# 건설된 블랙마크 〉〉〉〉〉

서울 지하철에 블랙 코드가 있어.

깜빡이는 신호처럼 움직이는

시선의 교차 틈새로...

팔랑거리는 치맛자락 사이로...

울어나는 지하철 색도
거듭 일어나고

벨 소리도 내 자리로 들리면
알 듯한 걸음들.

공간의 차를 접다.

# 새 송이의 반란 〉〉〉〉〉

정갈한 곡선과 촉촉한 겉 줄기.

그리고 옆에는 내 속내를 덜어줄 송로버섯.


양송이버섯의 자리를 탐내지

않았건만 어찌하여 나를

가다듬는 거니?


줄 맞춰 놓이면 나는 어디로

가야만 하는 건지.


이름이라도 다르다면

늘어가는 매무새가 생기려나.

# 상행선 하행선 1 〉〉〉〉〉

멈춘 에스컬레이터의 계단은 늪과 같이

가로막고 있다.

너란 행군들이 몰려와도

거두어 버린 고갯짓만큼 사랑했을까?

삶이 고개라면 나는 너다란 평지를

헤매듯이 살았는지 알고 싶다.

서쪽의 해는 찬란한 걸까?

# 상행선 하행선 2 〉〉〉〉〉


멈춘 에스컬레이터의 계단은 늪과 같이

가로막고 있다.



길 잃어버린 콩과 여물은 없지만

口,口口원 삼겹살은 즐겨 먹었다.

손끝에 감각이 간편해질 때쯤

사라지는 것만 같은 옛 사랑들.


순수할 수 있었던 형편.

거리 짓처럼 샐쭉거리기로 한 불빛처럼

어린이들의 밥그릇처럼



마냥 기다립니다.

# 이어폰 속의 이야기 〉〉〉〉〉

애기가 신은 엄마의 빨간 구두.

덩치에 맞지 않는 품새.

이어폰의 진동이 요동치는 곳.

서울 속의 노래는 그립디다.

알면서 들어선 리듬의 간격에
익숙해질 때쯤

어디로가 흐를지도 모르는
마음들이 그립디다.

그립다고.

먼지 모르겠지만 그렇게 떨리는 곳이라고.

## 스스로 쓰여진 시 〉〉〉〉〉

스마트 폰의 주파 파동 수만큼
예민한 여권 글자처럼


내 인생은 평범한 삶이었다.


4대 보험 속의 나는 어리고
커다란 세상을 비집고 있는


사잇길처럼 숨어서 간판을 훔쳐본다.
그렇게 햇빛 탓을 하며 낡은 선글라스를
끼어보고 거짓이 본 영혼처럼
입술을 가다듬는다.

정성하의 'walking on Sunday'를 들으며

## 감정이 타는 버스 〉〉〉〉〉

숨결을 열어 내쉬며 돌아보았다.
공간의 시간도 따르는 듯 시절의 안녕과 함께.


거리보다 빠른 걸음으로

세상보다 느린 발자취로

뛰어가는 거리보다

떠나는 거리가 슬쩍

생각났다.


느리게 지나지만

같이 지나보니 잊기 힘든 자박자박 쌓인 걸음이다.

# 시대를 차는 새 〉〉〉〉〉

벌집을 쌓아 올리며

날갯짓만큼 전할 수 있는 언어들.

들어보아라.


두터운 장벽도 담직한 하늘도

맞대는 순간이 존재한다.


그러나 입으로 발걸음으로 가지 못하는 새도 있다.


둥지에서 순간의 부재에서....


알 듯한 지붕도 가득 찬 오솔길도

천 년의 가슴앓이도

안단다.

# 솔로 파국 〉〉〉〉〉

거친 입내음, 그리고

칫솔 한 자루 손에 들고 물고
감정 한 사발 뿜어내는 소리 짓.

살아지랐다고 주문도
허술한 삶의 갈대 짓.

부비적대는 살 초롬한 입술도
애처로운 걸까.

등굣길의 만난 뒷모습들처럼
기억되는 건

아직 인생 졸업을 못 한

나였기 때문에...

## 사랑 결격 사유 〉〉〉〉〉

햇살 좋은 날 데이트를 모르고
얼굴의 파편을 기억하지 않는
발걸음이 남과 같고
입술 장치에 바람이 없고


정성하의 기타 소리는 자장가.


솔직한 눈매는 방 안에 차곡히 고인 듯이
들어본 남녀의 걸음도
배경이 되는, 그런 거칠 것 없는 오후.


서글거리는 햇살도 세상과 회상하고
쪽빛에 어린아이의 입맞춤.

# 격자 속의 시선들 〉〉〉〉〉

나는 너의 생각들을 담고 하지.
감정의 골 만큼 옆 시선의 감각을 이해해.


그대로 잊어 줘서 머물다 잊혀지던

기억들이라 해도


지나치는 키 작은 생각은 머물곤 해.
언젠가 살포시 전해질 색도
간절했던 호기심도
바래진 만큼


감정공동체 소속자 일동

# 사랑하는 대용량 세상 〉〉〉〉〉

작아진 인생보다 큰 것들.

몸집을 얽매듯 산 세월을 보았다.

한 스푼의 무게만큼 얹어진

값을 치르는 생각들.


발찌의 고리가 빛날 때

섬광의 날을 거두는 자들.

살펴가는 손짓들.

뚜벅이의 곱살 맞은 발걸음으로

걸으리라.


평범한 거리의 아이다.

# 갑자골의 전쟁 〉〉〉〉〉

각진 자리의 지경의 눈금.

이상하게 화려한 가지가지 모양.

제각각 언어의 향연의 칠기.

그렇듯 눈발 날리듯 보이지만

감당하기 힘든 온도.

# 들썩이는 회당 2억 원 〉〉〉〉〉

어지러이 사라지는 심야의 이야기들.

꺾인 굴곡들을 모아다가 채워가다가 알았다.


언론에 공개된 액수의

얼굴을…


지하철 요금 1,2억원짜리

얼굴이 정해졌던가.


핸드폰 요금의 차별은 어린 시 II빈 II.

누구를 위한 얼굴 머니던가.

# 욕망의 유모차 바퀴 아래 〉〉〉〉〉

스르륵 저미는 아픔도 사라지는

　　둥근 계급장.


　　　　　　　　노인의 주름이 채워지기 전에

　　　　　　　걸쳐지는 세상 속의 옆길들.



짓이기는 바퀴 자국을 보지 못하는 아이는

　　세상을 마주하고 자라고

　빗소리는 박수에 스며서


　　　　　　　그리고 바라보는 무뎌진 표정들.

# 동종 업계인과의 식사는 서글프다 〉〉〉〉〉

세련된 신사의 품격의 세단마냥 누워있는

식사를 상상하는 직업적 교란에 들뜬 학생이었다.


어느덧 누룽지 떡 죽도 품겨진,

세월을 훑고 보니 순대 국밥집의


                    한 수도 비즈니스였더랬다.


속 김의 냄새로 들어선 곳들에

녹아지고 어른이들 되는 것이 뿌듯했다.


오늘은 혼자 생애 최고의 식사를 하러 갈 것이다.    alcohol·

# 발초롬히 응시하다 〉〉〉〉〉

한 모금 담긴 시선이 있어.
말하지 않아도 아는 정.


세상이 몰라줘도 기억이 말해주는. 그렇듯 새겨진 그릇에 담아본다.

너와의 독대.


손잡이는 잡힐 듯 걸린 모양.

몸동작은 감출 듯이 휘어진 뉘앙스.


첫 내를 보내는 너와의 시선들.


그렇게 혼자 있어 본다.

걸출한 몸새가 품어진 시간.